吹鼓吹詩人叢書／08

不能停止的浪漫

劉金雄・著

【總序】

台灣詩學吹鼓吹詩人叢書出版緣起

蘇紹連

「台灣詩學季刊雜誌社」創辦於一九九二年十二月六日，這是台灣詩壇上一個歷史性的日子，這個日子開啟了台灣詩學時代的來臨。《台灣詩學季刊》在前後任社長向明和李瑞騰的帶領下，經歷了兩位主編白靈、蕭蕭，至二〇〇二年改版為《台灣詩學學刊》，由鄭慧如主編，以學術論文為主，附刊詩作。二〇〇三年六月十一日設立「吹鼓吹詩論壇」網站，從此，一個大型的詩論壇終於在台灣誕生了。二〇〇五年九月增加《台灣詩學・吹鼓吹詩論壇》刊物，由蘇紹連主編。《台灣詩學》以雙刊物形態創詩壇之舉，同時出版學術面的評論詩學，及單純以詩為主的詩刊。

「吹鼓吹詩論壇」網站定位為新世代新勢力的網路詩社群，並以「詩腸鼓吹，吹響詩號，鼓動詩潮」十二字為論壇主旨，典出自於唐朝・馮贄《雲仙雜記・二、俗耳針砭，詩腸鼓吹》：「戴顒春日攜雙柑斗酒，人問何之，曰：『往聽黃鸝聲，此俗耳針砭，詩腸鼓吹，汝知之乎？』」因黃鸝之聲悅耳動聽，可以發人清思，激發詩興，詩興的激發必須砭去俗思，代以雅興。論壇的名稱「吹鼓吹」三字響亮，而且論壇主旨旗幟鮮明，立即驚動了網路詩界。

「吹鼓吹詩論壇」網站在台灣網路執詩界牛耳，詩的創作者或讀者們競相加入論壇為會員，除於論壇發表詩作、賞評回覆外，更有擔任版主者參與論壇版務的工作，一起推動論壇的輪子，繼續邁向更為寬廣的網路詩創作及交流場域。在這之中，有許多潛質優異的詩人逐漸浮現出來，他們的詩作散發耀眼的光芒，深受詩壇前輩們的矚目，諸如：鯨向海、楊佳嫻、林德俊、陳思嫻、李長青、羅浩原等人，都曾是「吹鼓吹詩論壇」的版主，他們現今已是能獨當一面的新世代頂尖詩人。

「吹鼓吹詩論壇」網站除了提供像是詩壇的「星光大道」或「超級偶像」發表平台，讓許多新人展現詩藝外，還把優秀詩作集結為「年度論壇詩選」於平面媒體刊登，以此留下珍貴的網路詩歷史資料。二○○九年起，更進一步訂立「台灣詩學吹鼓吹詩人叢書」方案，獎勵在「吹鼓吹詩論壇」創作優異的詩人，出版其個人詩集，期與「台灣詩學」的詩學同仁們站在同一高度，此一方案幸得「秀威資訊科技有限公司」應允，而得以實現。今後，「台灣詩學季刊雜誌社」將戮力於此項方案的進行，每半年甄選一至三位台灣最優秀的新世代詩人出版其詩集，以細水長流的方式，三年、五年，甚至十年之後，這套「台灣詩學吹鼓吹詩人叢書」累計無數本詩集，將是台灣詩壇在二十一世紀最堅強最整齊的詩人叢書，也將見證台灣詩史上這段期間新世代詩人的成長及詩風的建立。

若此，我們的詩壇必然能夠再創現代詩的盛唐時代！讓我們殷切期待吧。

【自序】

不能停止的浪漫‧詩

二〇〇六年底那個寒冷的冬天，在工作上我遇到空前未有的瓶頸，我開始放逐自己，嘗試將生活重心從工作中轉移，轉移總要有個方向，開始自生命的羅盤中搜尋自己，把手放進腦袋裡掏，這才發覺除了職場領域的專業知識外，我腦袋中的小宇宙竟然如搜尋不到其他星球般的空虛與孤獨。

除了選擇繼續進修之外，我還需要一些能讓自己與別人感到快樂的事，於是我第一次接觸蘇紹連老師的網站，接著進入吹鼓吹詩論壇，我從來就是喜歡詩的，但卻也從來沒有想過寫詩，讀詩讓我放鬆，我才試著：能不能也讓人因為讀我的詩而放鬆，露天咖啡座上一杯熱拿鐵，濃濃的咖啡香飄散空氣中，因為讀我的詩而體會到風的流動、聽見愛情的聲音，二〇〇七年三月一日，我在吹鼓吹發表了第一首詩，而後欲罷不能的發表第二、第三……第N首詩。

未接受過任何詩寫訓練，我的詩是沒有太多理論基礎的。但我想我的詩是坦白的！沒有華麗的詞彙，是簡單的！是詼諧中帶著淡淡憂鬱的！因為人生已經太過複雜，每天從那些複雜的環境中回到家，只想把那件惱人的外衣脫掉，看看真正的自己。

詩的靈感大都來自於生活體驗或領悟，我是個在群體中不多話的人，但卻常常跟自己對話，跟一支牙刷、跟枕在自己腦袋下的枕頭、跟鏡中的自己交談，故輯一「日常」大多數的詩作屬於這類作品。輯二則是因為自己缺乏冒險與流浪精神的反射投影，這輩子到目前為止，除了服兵役在高雄、屏東，我沒有離開過桃園縣（出差出國除外），於是我常會將自己幻想比擬成離鄉背井的人物，於是輯二的主題為「秋心複寫」，秋心即是愁字，不是少年維特的愁，而是一種思念家鄉、想念愛人的愁，一種現在回不去，但充滿回家渴望的憂愁。一班回家的火車從身旁經過，而自己只是站在月台上看著它駛去的哀愁。

輯三主題為「簡單幻想」，其實跟輯一的靈感出處是一致的，只是更多了些幻想成分，差異在果汁中有果粒，味道是一樣的，但口感不同；而輯四「大地」則是在每次台灣出現風災、水災之後情感自然發散之憐憫感傷。

詩人是多情的、容易感傷的，也許是吧！

如果這本詩集能付諸發行，我得感謝蘇紹連老師的抬愛與提攜，這是我的第一本詩集，如果你喚我為詩人，我將計畫開始詩寫第二本詩集，是詩人的一種責任且無法自拔的浪漫。

目次

輯一‧日常

輯二・秋心複寫

輯三・簡單幻想

輯四·大地

輯一　日常

瓜子

宴席間
嘴與嘴與嘴之間
需要不停的說話
讓桌上菜餚不至於太冷
到一種令人不適的溫度

如果著實沒有營養的話題
就彼此拿起面前的瓜子
嗑起來
佯裝忙碌的唇齒還得繼續和著瓜子殼

說些言不及義的話
但至少有了些鹹

散席時
這些話
被吐了一地

有餘

夢
整除不進昨兒個夜裡
留下的一截尾巴塞不回房間
今天早上還
拖拖拉拉地佔據我一個早晨

一首詩
整除不進生活裡
詩人的胃一陣翻攪
分行的某一句
是該吐出或勉強嚥下

年邁父親習慣性早起
因為失眠
嘆歲月整除不進一口棺材
握不住的一大把年紀
還得每年至妻墳前上香

問候他的身子與病痛
他說：一切都好
只是寂寞無法被一抹黃昏整除
多餘了一點空虛
配著晚餐時堅持的一杯高粱

一包花生四塊五毛錢
無法被一張鈔票整除

他把五塊錢鈔票放在桌上
別找了！

老花

早晨讀報時
我的眼睛遺漏了幾個關鍵字
在滿是芝蔴的桌面
或地上

黑芝蔴
白芝蔴
黑鉛字
桌上幾隻移動的極有可能是
螞蟻或散落的鉛字

我順手拈起
和著豆漿一口吞下
桌面一隻德國蟑螂悻悻然
失望地匍匐著離開
還好！
標題的幾個大字我還看得很清楚

洗臉

汲一盆水洗滌鏡子裡的
這張臉
習慣要有一面鏡子
彷彿一輩子都沒弄清楚
眼睛、鼻子、耳朵的真正位置

從何洗起呢？
眉宇之間需要一把鑰匙
打開鎖上的太多心事
額上的皺紋需一頁頁翻開來刷洗
那深深的溝痕每到雨後

就要長出苔來
而褪色的唇
退化到剩下咀嚼的功能
且最好不隨意開口
怕飛出幾隻翱翔在谷中的蒼
蠅

青春
是一件曾經美麗的衣裳
他們說是昂貴的
我總覺得不值這個價錢
否則怎會如此
禁不住洗

病歷

如果醫生的手
正在寫一首詩
那麼我的病
會是如何的美麗

如果那些難懂的術語
都是詩的一部份
而你落款於上的藥袋裡
除了苦
也將帶著些許楊柳輕飄的詩意

身上的痛楚都哀愁的美麗了起來
三餐飯後與睡前
我都遵照指示
輕輕讀上幾句

蚊子

一掌猛力揮出
便將之擊斃

一隻蚊子
時而從我眉際的懸崖邊
一躍俯衝而下
時而自我耳窩的寧靜洞穴中
肆無忌憚的進出
並鳴著挑釁般嗡嗡刺耳的戰鼓

這痛快且石破天驚的一掌
殲敵於
案上未完成的詩稿上
最末一行
不願瞑目的身體屈成一個倔強的逗號
似乎宣誓
我的詩只能行路至此
而紙上這灘血的塗鴉
到底是流自誰或誰的體內
這絕對是一種血的抗爭

掃帚

牆角一枝蒼老的掃帚
一早
就負責掃去昨天
堆積的塵埃與歲月
主人的媳婦都已熬成婆了
而我
仍瑟縮在牆角
一枝曾經想飛又飛不起來的老掃帚

魚

我懷念昨天和所有屬於昨天的事
那洋流溫暖的拍打
我逆流

掙扎著與浪花搏鬥
只為了滿足馬斯洛理論的最低需求——填飽肚子
我是如此快樂地活著

終於在海流裡看見一尾落單的小魚
陽光下閃閃發亮的魚身
沒錯

趁著尚有一些體力我追上去
狠狠咬下
我用力咀嚼，因為實在太餓了

當我的牙咬不斷魚鉤
一陣刺痛自我的口中穿過我的鰓
然後
眼睜睜的看著自己被陳列在魚販台上
與那位駐足在旁
失業許久而想吃魚的中年男子一樣
身上的溫度漸漸消失

溫度計

四季
在我紅色的血液裡流動
紅色血液上上下下
有時多有時少
醫生說不必緊張
那是季節引起的症狀
非跟血壓有關

即使天空正下著雪
那戀愛的少男少女

褲襠裡的溫度計依然發燙

長巷裡孤獨的老人家們
瑟縮在火爐旁
藉著回憶一些年少輕狂時的熱血故事
祛寒

練習摺衣服

衣櫥裡一件
妳忘了取走的衣服

夜裡
就自動地從衣櫥裡走出來
深情款款地站在思念面前

我開始練習摺疊
從衣袖開始
那輕輕柔柔的雙手往我身上疊
撫著軟軟纖纖的腰

妳頸項的香水味依然如此清楚
但我的吻卻找不到
妳羞紅的頰

這摺摺疊疊的思念
我又重複再一次放回衣櫥裡
心事那一格

遺書

凍死在街角的漢子
抱著胸前的一雙鞋
遺書寫在鞋裡
「抱歉！我先走一步」

隧道

路
朝山
撞進去

滿眼山水
驟然縮小成一個
監視器般大小的螢幕

我們這才
真正進入山水中
在斷層與脈礦之間

在樹根與山澗之間
直到被
刺眼的白光吸出

洞口處
我們的車被一台台
咳了出來

禪坐

師傅說——
必須忘卻自己的形體
忘記四肢，忘記有形的軀殼
便能
游刃於任何容器中

一壺水在爐火般的蒲團上禪坐
壺嘴那扇小窗
連這一點光也關閉了

黑暗中的身體聽得見
貪嗔痴的柴薪在斧底痛苦的自焚
當柴火燒盡
我知道自己將
才是一壺真正乾淨的水
此刻我正靜靜地等待
一次沸騰

螺絲釘

遺忘了聲帶的螺絲釘
任你如何敲打
與
刑求逼供
除了無言，我連痛都不喊一聲

儘管我的牙已幾乎咬斷一張
一吋厚的木板
你越是順時針逼我
我越是咬進牆的骨與肉

終於我的脖子被扭斷
而深深咬進骨子裡的牙
寧死不放
且發誓要從這裡開始
腐爛

簡單

當翻閱過所有雲朵，找不到
屬於自己的天空時
請讓我
幻化成一隻小小的螞蟻
一間小小的囚房
就夠一輩子徜徉

從此將不再偏食
甜就是所有的味覺
將不再徬徨
甜就是唯一的方向

將不需再擔心
體重會成為上樓的負擔
即使是鬆了手的氣球躲藏的天花板
我輕盈的身體
輕易便能到達

我將如此簡單
再高的牆垣
都關不住的簡單

鏡子與相框

洗完臉後
鬢角的幾枝白髮
從鏡子裡發出芽來
硬是要從一堆黑髮裡
跳出來崢嶸

多年來
終於忍不住跟我抱怨
為何不能如牆上的相框
把青春鎖起來

鬍渣

下巴以上到
鼻子以下的
這塊雷區
每天早上都得進行一次強力掃蕩
非得讓之寸草不生
才能搭配脖子上這條領帶

危險當然是存在的
偶而失手見紅在所難免
若真不小心
斷了頸動脈

或削去鼻子
那才得不償失呢！

誰教頂上該留的留不住
一撮撮跑到樓下躲雨
下巴這塊殖民地
鬚髭喜與柔軟指腹愛撫
夜闌人靜時
總讓人回想起頂上曾經的故園風光

舊年介被骨（客語詩）

寒天介暗晡頭太長
被骨太短

日頭沒力
曝毋燒禾埕頂冷冷介被骨
曝毋燒阿姆介操心
阿姆用針線補著爛孔介棉被
眠床介爛孔佇用阿爸的背囊補

唔講
毋係舊年介被骨太短

係唔介腳骨太長

唔介腳骨冷到睡毋落覺
阿姆介心肝
蓋著被亦共樣歸暗脯沒睡著

金門高粱

用烽火耕耘、血汗灌溉的高粱
釀造五十八度的透明
用鋼盔盛著喝
醉
把悶在胸口的思念
嘔吐出來

禁不起煽風點火啊！
高純度的思念
可是會瞬間引爆

沿著咽喉到
肝腸
寸斷

台灣海峽的風
隱約傳來
伊人分離的冷冽

用砲彈碎片碾壓鍛鍊
削鐵如泥的鋼刀
應聲斬斷
那牽牽掛掛的情絲

避雷針

站在城市中
比最高，更高的位置
一把魚腸劍，孤獨
與風雨遙遙相對

風狂雨驟

這一次
就別拐彎抹角
儘管衝著我來

不再閃避
正面擁抱你
狠毒的鞭子
管你是什麼天什麼霹靂！

報紙

不急！客倌
那些嘻笑怒罵
不過只是昨天的歷史
犯不著壞了
今兒個早餐的味道

不急！如果來不及
可以拿頭條新聞
包裹
兩根油條

怕只怕品質不佳的油墨
幾個黑色鉛字
卡在牙縫裡
上不上
下不下

夕陽

回憶像
箝在肉裡的指甲
剪了又長了又剪

一冊日曆
獨自倒著寫歷史
從後頭
往前奮不顧身的寫
越寫越瘦

瘦成黃昏
在白晝與黑夜之交接地帶
留一段金黃

瘦成一枝拐杖
陪我
一起散步

脫了鞋

如果你不覺得不雅
我將脫掉腳上的鞋
赤著腳
說

這一路上的風景

矇上眼
我的腳丫子貼著土地
巡著記憶
一路走回去

告訴你：

每一個傷口的上游

是哪一種顛簸！

每一個轉彎處傳回來的跫音

是害怕迷路而繫在柳樹上的

記號

能否請你也脫了鞋

仔細

聽

日記

老人家
用識字不多的右手
在日曆上寫

寫黃昏
夕陽潑墨的感動
撕去
明朝露水正濃時

總擔心
有最後一頁

會　忘了撕

怕記不住自己的年歲吻！

所以

一筆一筆寫……正

在自己額頭的牆壁上

碟仙

禁錮在一只
淺淺磁碟裡

一抹幽魂
爬不上
近如咫尺的岸啊！

這沒有腳鐐手銬的監禁
沒有四壁的牢籠
似自由的靈魂
逃不出如來的手掌

一隻缺了吸盤的壁虎
攀附不了光滑無瑕的釉色崖壁
陷入
臨岸又跌落的輪迴

靜靜等待
一次戲謔的陷阱
才
得以
交替

路燈

用我的生命
抵抗一整條街的黑暗

下雨的夜
我吹奏整晚薩克斯風
雨水把夜影切割成
迷濛的浪漫

但沒人注意我！

彎曲的街道
我總是在每個轉彎處守候
顛簸的路
我總是對著每個路人嘮叨的提醒

但沒人看見我！

直到那一晚
有人拔去我的插頭

一截鉛筆

剝開我的軀殼
只是一支瘦瘦長長的碳

一支點不著，比燈芯不如
照不亮路
燒不熟一塊肉的
碳

可我坦白、誠實、不偽善
說我不圓滑我也承認

我有多少說多少
詞窮了就削掉一隻腳
結巴就削掉一隻手

黑就是黑，白就是白
給我謊言我也圖不上色彩
給我千張畫紙
千山萬水也盡是
素描

至於那段被你偷偷擦去
竄改過的歷史
別人看不出來

可我
了然於胸

清道夫

天光微亮
像未完全甦醒的眼睛
那些來不及卸妝的霓虹
掩不住一夜的疲憊

我獨自一人
掃著
整個城市的腳印

你們這些
孤獨的

失意的
貪婪的
凌亂腳印與背後的祕密

在別人看見之前
都被掃掉

至於我
就毋庸擔心了
我如塵埃般卑微的腳步
一陣風
便能拂去

該好奇的是這些腳印的下落？
問我堆積在何處？
或我是何許人？
則基於職業道德
不方便透露

糖

一縱列螞蟻
在牆上走出一張地圖
沿著地圖的終點
找到一顆糖

不知道牠們要把我帶到哪兒
是這張地圖的起點嗎？

我卻在過程中回想起
窄軌的五分小火車
順著鐵軌走回去

再過去
是一整片綠色蔗田
那兒才是我真正的起點
是我真正的
甜

存摺

把暗暗對妳的愛慕
存入思念的銀行
這樣便
沒人可以窺竊
沒人可以共享

一天一天
一點一點的存入
從來不曾提領的
存摺　愈來愈厚
加上利息

我便不愁空虛

下半輩子慢慢享用

如果覺得心理窮了

就一次提領一些

思念

配著花生

獨飲

枕頭

你說我其實沒什麼壓力
只要承受你
一顆腦袋的重量

你的心事有多重
從我臉上的疲憊
可以秤得出來
有些輾轉反側的夜晚
感覺自己像雨後的泥濘地
被你心事的砂石車
輾過

你的悲傷便清楚地
拓成
我的臉

信

妳用一張小小的信紙
就要將我胸中的思念
沸騰起來
忍不住去推動一列
回家的蒸汽火車

信紙上的一字一句
剝落，跳出
躍入念力燃起的火

想念之外的城
正下著雪

最後妳信末的署名
赤裸著身
走進我
冰冷的被裡

牙膏

一大早
便從後方
推擠我未吃過早餐的空腹
從不擔心會混亂
因終將只有
一個出口

這是我的宿命
心甘情願
躺向你如針氈的牙刷

清洗
你擱淺的夢

你前一夜的宿醉
沒人比我更了解

至於某些清晨
發現你前一夜的荒唐
誰與誰的唾液
沾染你的舌尖
我還來不及抱怨
便被你一口吐掉

井

小孩
用一顆石頭的迴音
探測我的深度
我嚥下並抱以一聲淺笑

改以一條懸掛著木桶的繩
汲取我幾十回
我吐出滿桶他臂膀能承受的重量
水面依然回到原來的位置

少女
取水挽面
我報以她未施胭脂
青春的臉龐

說——
井中之月
美過天上更皎潔於天上
於是手中的繩
猶豫著遲遲不敢拋出
至於我的深度

從李白開始就不是
幾首詩歌
可以丈量

壺

一隻再平凡不過的壺
壺底連落款都沒有的那一種
讓我想起母親

我們幾隻圍繞在旁的杯
張著大口
除了等待
什麼也沒做

而壺嘴不多話
略胖的壺身

沸騰的水往肚裡吞，再吞
一縷清香的茶
餵滿每隻杯口

壺蓋內有多少苦澀茶渣
她獨自隱藏

垂釣

趁著夜色
悄悄地划一隻小竹筏
從東岸出海

今晚有黑潮來
魚群的消息

月色被海峽拉的
扭扭曲曲
從天際到岸邊一樣長

我的釣鉤不放餌
輕輕放入海面
釣起
一座太平洋

訂書機

一咬牙
就在妳雪白的頸項上留下兩個齒痕
妳便癡癡的跟著我

需要我
無非是要我把懶得記憶的資料
都捆綁成一束
像你腰間的隨身攜帶的一串銅錢
想用就隨手可得

我害怕每個月發餉的日子
潮汐與月圓之夜的傳說不斷繁衍
每個薪資袋上
我得不斷的
咬咬咬咬
再
咬咬咬咬咬

你們以為我尖銳嗜血的犬齒
永遠沒有蛀牙的一天嗎？

輯二　秋心複寫

不忍翻閱的鄉愁

解剖檯上
一隻甫從書架
我不忍翻閱的地圖中
游出的
蠹魚，胃裡
找到一些尚未消化的
家園

顯微鏡下
我的鄉愁
三千倍放大

淚水再也噙不住
落在載玻片的那一滴
氾濫過那永遠築得不夠高的堤防
緩緩
漫過整個故鄉

月光

你的手握著異鄉月光起舞
月光說你
如此瘦骨嶙峋
恐怕連思念的重量都要扛不起來

心頭上僅存的一點脂肪
點燃後用來抵擋孤獨吹來的寒
那點火光與風拔河著

你說月光啊
消瘦如鉤的臉

怎能不把你寂寞的影子拉得跟
巷子般瘦長

故鄉的女子望著窗外弦月
伊人捎來的信裡
字字都是瘦長的仿宋體
過幾天
十五的月兒
該會把他的背影映照得豐腴些吧

考古

一隻唐朝的蠹魚
自書架上
歷史書頁的縫隙中游了出來
咳出一陣歲月的塵埃

我好奇問牠關於
杜甫的心事
李白的酒量

牠執意用濃濃鄉音發聲的文言文
託我找林語堂
辯論現代詩

思念編織成雨

江南太過遙遠
於是我的思念化做一陣
突如其來的雨
淋濕你的城你的巷弄
你的客棧你的髮

不求什麼
只要回報一個
響自心底的寒顫
起身穿上我編織的長巾

而你跨出的每一步
都將踩在我濕漉漉的意念裡
一步複印一個想念
整個階臺於是
寫
滿
我
的
名

海岸線

我的心事
就像島嶼這條
拉也拉不直的海岸線
曲折又拋不開

漲潮退潮都要依著你啊！
分不清
是海的線條或
是岸的輪廓

或已纏綿千萬年
早已分不出彼此了
堅硬隆起的板塊山脈
被藍色海洋溫柔地擁抱

我如小船的舌
在你唇般微微張開的港口內
深情地進出

郵票

思念是一枚郵票
他鄉與故鄉間不斷遊走

每次你的信
總有郵資不足之嫌

我總是很小心的拆開
怕被你的想念
撞成內傷

鄉愁綁架事件

離家時鎖上門
把思念跟小偷一起鎖在
門外，一雙不得其門而入的拖鞋
在外頭渴著
吐著乾裂的舌
想家

鄉愁綑綁我
鎖在伊人腰上的貞操帶
把慾念禁錮在曬不到陽光的暗巷裡

而胯下一把陽具鑄成的鑰匙
在異鄉
如花般盛開著

驛站裡
來自家鄉暫歇的飲馬
身上散發著故鄉的腥羶味
響過一路的蹄聲

輕愁十行

漂泊多年的一頁
黃昏湖岸
清風拂起我長長衣袖
輕舞
楊柳兩行

我和自己的影子
沙灘上輕鬆散步
走出
寂寞兩行

離鄉時
曾經堅定的腳印
猜想已長成懦弱的青苔
蔓延
小徑兩行

寫封信吧！
又怕故鄉訕笑
遲遲不敢下筆
可悸動早已奮不顧身
攀爬
淚水兩行

還有的
就懸掛在窗台上吧！
迎風輕輕搖出
思念兩行

家書

大山
起於一抹塵沙
而將滅為一抹塵沙

江河
起於一陣驟雨
而滅於一壺我案上的濃茶

寒冬
起於一陣徹骨寒風
而滅於一枝嫩綠新芽

我背上馱負著思念的行囊
起於我離鄉時的腳步
走過千山萬水與幾輪季節更迭
卻絲毫未減
且越來越重

兄弟，躺著是無法提筆書寫的
怎不叫寂寞坐起來
寫一封家書回家？

嫌疑犯

緝捕令貼在城牆上
受害者一一出面指認
搶匪的面目
那從我身邊掠奪快樂的歹徒

在警局裡的代號叫——寂寞
總在夕陽西下
趁著餘暉做案
身高跟巷子一樣瘦長
先是悄悄尾隨
而後在深夜下手

用夢將你的夜凌遲成
一段一段

臉龐極其
憂鬱得幾乎令人疼惜
我是這般形容歹徒的畫像

聽說有人
曾看見畫像裡的人
在附近的酒吧
獨自飲酒

行囊裡養了一隻叫鄉愁的蟲

熟悉的孤獨
陌生的城
我走一步
就迷路一次

索性把自己留置客棧裡
吩咐廚子準備的兩道家鄉菜
雖然不道地
但也餵飽
哭鬧不已的思念

我縫補著磨破的鞋
年過後
或許還能再走上一段路吧！
誰叫行囊裡
一隻叫鄉愁的蟲
越來越重越肥大

想念的長衫

自妳長衫的衣角
拉出一絲線
從我離開的車站
拉……
到想念的城鎮
說怕我迷了回家的路

陌生的牆築想念的城
陽光是
雨點是
呼吸是

這絲想念的線啊！
若我從這頭開始埋首編織
線的末端
我可否織成一件長衫
而衫裡
住著妳

思鄉

思鄉是一種病
特別是天氣轉換的時候
總在記憶與記憶的關節上
隱隱刺痛

試過好多偏方
但那刺痛
依然如影隨形
讓人走一步痛一次

街角大夫開的藥籤上
只有兩個字
「當歸」

故鄉

思念的距離
有多遠？
不是歲月的單位
可以計算出來
不是火車的速度
可以到達

我孩提的故鄉
被都市計畫的碎紙機
攪碎

我回不去
故鄉有父親的墳
他回不來

我的名字去流浪

從一位憶不起我的人到
一個抽屜到
一個垃圾桶到
一座掩埋場或
焚化爐

最後是化成一縷清煙
或
一坏土？

我的名字

搭著一艘名片摺成的小船

跟很多小船一起

到處去流浪

直到它被刻在石碑上

任誰也帶不走了

輯三　簡單幻想

和絃

我把聲音塗成
薄紗般隱約
我知道自己千真萬確的存在
在你的四周隱形
把燈光與掌聲
都留給你
不需為我感到難過或內疚
沒有你

我只是黑暗中的
一隻影子
隱形地存在

子彈

刑場上
槍管從它深深的喉嚨裡
用力一咳
咳出一縷煙硝
咳出一條人命

先是被每秒幾萬轉的速度
隨著膛線拋出
而我早已暈絕的不醒人事
在離開槍管的瞬間

彈頭與彈殼就已
身首異處

噬血絕非我的個性
我不過是在匍伏在土堆上的那個人身上
開了一個小小的洞
鑽進他溫暖的心窩裡
埋葬我的頭顱

小人物狂想

一、鷹架

銳利的目光
隨著崖壁窄小的甬道登上
風的前緣

這是稜線的制高點

我一邊用鉗子固定住鐵絲
一邊想著
一隻
鷹

二、茶壺

對著月光
飲罷
茶葉罐裡最後一碟茶葉

我一人
拭著僅有的一隻壺
這壺已隨著手心溫度
漸漸發亮
怎不見一道刺目的仙光
自壺嘴冒出

三、單身公寓

對巷陽台上
一件紅色女性內衣
衣架上
傾了一半

搖晃著露出的半個圓球
我伸手一握

從胯下
抓出一條髒褲子
自己洗滌

引信

前方是一枚小小的
性格衝動的火
後方是充滿憂鬱而
內向的火藥

我負責通知並倒數
還有幾秒鐘
可以回想自己的一生

未爆彈

綁著一顆隨時可能引爆的炸藥
偽裝成一塊
連呼吸都不敢用力的泥土

加害人與被害人都與我無關
我甚至可以是素食主義者或
天主教徒
請小心你的腳步
別教我粉身
碎骨

等待
幾隻饑餓的蚯蚓
或許就能拆除我的引信
我想成為宿命之外一塊和平的泥土

上帝啊！
讓我禪坐於此
勇敢的做一顆
被眾人譏諷為懦弱的
未爆彈

寫字樓內，仍有零星的爆炸聲傳出

註：二〇〇八年底金融風暴，公司裁員的聲浪此起彼落，我不會被裁員，但是需作裁員的劊子手幫兇，遂做首詩自娛。

自由

我自風中捕捉了一隻
飛翔的鳥

天空
竟落著淚哀求我
歸還
它的自由

李白的玻璃舞鞋

我歌月徘徊
我舞影凌亂
醒時同交歡
醉後各分散

一群自稱詩人的
喜歡相約在湖心小亭
月光潾照湖面
吟詩，飲酒

總在詩中塗抹感情的奶油
較不傷害喉嚨
半醒間總以為其所吟
可以撼動山谷
繞樑三日不絕於耳

他們開始輪流套上
傳說中李白在午夜前倉促離開時遺留的玻璃舞鞋
一人傳過一人
直到每個人都失望地
垂頭嘆息

往湖心一丟
一隻酒瓶子把月光
砸　碎

那些尚未成詩的字

那些字似
一群懵懂又調皮的小孩
在淡綠色的稿紙上
捉迷藏

他們壓低著身體跟稻稈一樣高並
不時交換著躲藏的位置
錯身時還彼此拋出戲謔的笑

終於他們累了餓了

不就那麼幾個字
躲躲藏藏也不出
稿紙畫出來的一畝田地

他們終究不懂
都要站成稻草人了
那隻鬼
怎笨的還不快來捉他們

雨的心事

降落
因太過沉重

一朵雲
不堪負荷
哭了起來

不斷的墜落
就是一生
只寄望天地的距離
能更長一些

尋找一池
千年不涸的湖
著陸時不致於粉身碎骨
而將我的心事投入
一朵漣漪在湖面綻放
那便是我最美的葬禮

如果
湖面上也恰好飄著
粉紅色的玫瑰花瓣

砂

從一個
澎湃的海洋或
潺潺的溪流
自浪漫柔軟的浮沉中匍匐上岸

我們日夜反覆練習著
疊羅漢特技

當我們自數百公尺高樓上
俯瞰整個城市時
也彷彿看到

海洋與溪流也從躺臥的姿勢
站了起來

浪

衝浪者
站在岸邊等待
一次撼動生命的浪

上一波滔天巨浪沖上了岸
凝固成
他背後的山脈

婚外情

第三者的圓潤乳房
罌粟花般盛開
美麗芬芳

我知道
這花朵並釀不出蜜
我原先只是把玩而已

吸著吸著
怎吸成了鴉片膏

瑜珈

臨老後的每個黃昏
無論風吹雨淋
他堅持
到社區活動中心學習瑜珈
他的一些老同伴們
也跟他一樣
努力不懈的學習
他們的身體
終於愈來愈柔軟

他們最常練習的招式
就是嘗試把腳舉過肩
靠近耳朵
彷彿輕聲在跟腳掌說話

需要很仔細的聽
才似乎聽出
他們對著腳掌說
軟一點、再軟一點
就可以輕鬆地放進早就買定的
美麗骨灰罈

蜈蚣

你說一步
我卻走了百步
這並不意味我的天性
是無情的，冷酷的
獸

我喜歡赤著腳走在人們
神經末稍的稜線上
讓之從心底
醞釀出一種寒冷

據說
把我灌醉用高粱酒
不醒人事後的軀殼
路人相繼討論著祛寒與壯陽的
故事

終於我如一隻溫馴的貓
伏在你碗大的傷口上
沉沉睡去

圖書館藏書

曾經暢銷排行
曾經再版再版再再版
如今我的地址遷移至
某一類某一櫃
某一行某一列
之
某一通鋪

沒有獨立的床位
只夠側身進出的空間

夜晚
憎恨著彼此的磨牙與鼾聲
誰把我們同掛的作者都安排在同一鋪
上了年紀的五十肩
趕不走背後騷亂的蠹蟲

白天
用力搜索著經過人群
在文學尊嚴的面具下
隱藏起憐憫希冀的眼神
等著被
臨幸

認罪

訴訟了大半輩子的官司
終於在明鏡高懸的法庭上伏首

我，被告xxxx
坦承已老！
承認自己佝僂了自己的軀殼
承認化妝品詐欺了自己的歲月
承認怠惰偽造了自己的智慧

證物桌上歷歷擺著
幾條垂死發臭的魚尾

紋與斑點
胭脂未施的臉像極了一尾肥大的石斑
我並沒有蓄意欺騙別人的犯意啊！
終究還是被判刑
懲罰我得繼續偽造、詐欺自己
至死亡
且不得緩刑

標點符號

隱身在書中
噤聲
幾世紀久了

有人記不起我的名號
我並不在乎
說過只是符號而已

別以為不在稿紙上
說話就不需要我了嗎？

試試看如果不用幾個逗號、句號
讓你吞嚥唾液、伺機換氣
一條折彎的破折號
說著說著就能輕易教人上吊窒息

如果不說話也不寫字
我又奈何？

教整條街頭下起冒號
如雨四散紛飛
滿街用傘柄彎成的問號
追打你這個反社會，偽啞子的腦袋。

註：新聞報導，有部份學生不懂得標點符號之使用，大部份學生只懂得逗號、句號。

樂之器

空乏其身之境
餓其體膚之界
你置它於
成器之前的試鍊

如同曝曬一小童於衣索匹亞的荒野
因飢餓而營養不良而胃腹鼓漲
要的無非是一種
發自體內而不能自己的
哀鳴

鑿之以七孔或更多
賜之以弦
三弦五弦或更多

對其口吹拂
一口氣迴盪在飢餓的腹腔內
遊走於七孔之間

彈指間
滿弓之弦射出的不是噬血的箭
那欲凝未凝的音與
氣的共鳴
迸發出的音爆
讓世界都變的闃靜

輪迴

取自
原本沾滿血腥暴戾的陰冷
曾經
我是被你燒紅的鋼

不斷搥打
是一種淬鍊
不斷地加熱冷卻，冷卻加熱
說如此才能除却我的罪孽

終於我成為一支
千錘百鍊、削鐵如泥的
廚房裡砧板上的金門菜刀

在面對一條甫上岸的活魚時
我彷彿看見自己輪迴前的樣子
在你揮刀時
牠睜大且驚恐的魚眼裡

貓

一隻
貓輕輕地踏過我的屋脊

柔軟的腳蹄
尖銳的爪子被愛意緊緊包覆
深怕一個不小心
踩破了頂上脆弱的薄瓦

若有似無的呢喃
如玉指纖纖輕輕叩窗
我焦急的門扉敞開

小路上未見貓的蹤跡
只是一陣細雨
模糊了所有向我走來的足跡

麵攤老闆娘

路邊榕樹下的小吃攤
徐娘半老的女人

據說只賣一種麵
白色的湯麵與小菜
看她的手勢較像個寫詩的人

上桌時總是掀起一陣煙霧飄渺
片刻雲霧始緩緩散去
豁然開朗中只見兩片薄肉，幾片青菜
沒有多餘的贅飾

詩意直指
我曾無意間打翻那碗麵
數了數
不多不少十四行

客人總抱怨吃不飽
但總是去了又來
她也偶爾嘟嘴嬌嗔抱怨過那蒼蠅
趕都趕不完

一個中國

脹氣這老毛病
祖父從清朝
便一路遺傳下來
一肚子氣
只敢夜裡悶在被窩裡
轟炸家人

以前不清楚國是國
朝是哪個朝
明末清初或反清復明
於是八國聯軍合起來欺負你

現在知道國是國
卻不曉得是哪一國
到底是一個中國或兩個？

哎！
嘆氣這壞習慣
也一路從清朝祖父那兒
遺傳下來

一線之間

班長咆哮
這不是射擊練習
這次是戰場

不要浪費國家的子彈
屏息
眼光、準星與目標需成一直線
扣下板機
目標便被摧毀

不要猶豫
你不殺敵，敵就殺你

此刻我屏息閉上左眼
順著右眼的視線透過準星瞄準目標
卻看見目標的右眼與準星與我也恰成一直線
一聲槍響
我還來不及扣下板機

天竟然黑了

好奇

一面高牆
堵住我的去路
擋住我的視野

找不到搆得著高牆的梯子
聽不懂從那端飛越的鳥唱的歌

牆的後面是什麼？
是一幅秀麗的風景
是一處荒漠廢墟
或另一面高牆

開始對著牆鑿
大約在眼睛的高度
使勁地鑿
終於鑿穿了牆
光透了過來，我看見了
另一隻黑白分明且瞪大的眸子

慰安婦

我曾經嬌羞緊閉的門鎖
他們未經同意
粗暴地
開了又關，關了又開
如今已是彈性疲乏的水龍頭
日夜一點一滴滲漏著
恨

貞節牌坊已由政府
頒給我那被褻瀆的童貞
橫立在村口

如一具鏽了的貞操帶
把慾念禁錮在子宮裡冬眠

一副下垂的乳房
朝著太陽旗升起的方向
發出殘弱無力的哀鳴
在空蕩蕩且寸草不生的子宮裡
迴音

石頭

我是一顆
橫在你路上的石頭

表情硬硬冷冷

請用憤怒的右腳，狠狠踢
別只是繞過、跨過、忽略
讓我感覺一點
存在

怎麼知道我不痛？

只因為
把我磨碎，也榨不出一滴淚來

趁著下雨天，我反覆練習著
眼淚流過臉頰的快樂
幾萬年了，還學不會哭泣
是我真正的痛啊！

下半場

廝殺過半場
籃球場上
時間爬過拋物線的頂點
倒數計時顯得
簡單些

戰況激烈
我站在三分線外長射
離手的球爬過拋物線的頂點
突然變成一隻白色的鴿子

不再答應眾多期待的眼光
逕自飛去
籃框之外
是寬廣的天空

縫隙

一、牙縫

山珍海味當前
我饑渴的味蕾卻嘎然無慾

一片不願瞑目的肉末
硬是把自己塞進
墓碑般牙與牙的縫隙中
抵死不從

恨不得舌尖如一把劍啊
非得用牙籤挑出
也不願和著唾液被我嚥下

它說：
生前我是骨上肉
被你蒸煮後猶為一絲
沾著骨氣的肉

二、門縫

銅牆鐵壁
只要有門就一定有縫
門邊一隻發情的貓

春風是五千年來
從未落網的偷兒
任憑老員外鎖上二十四道銅鎖

門外往裡吹的風，偷
腥
門裡往外吹的風，偷
情

圖像詩

一隻勃起的筆
無預謀地，是臨時起意
在書桌上就
玷污了一張純潔的白紙

對方並未真正拒絕

這衝動剎時噴灑了出來
來不及收啊
就洩了它一身地

圖像詩

白

一張單純不過的白紙

詩人用來寫詩
風花雪月，飄過去
盪過來
悽楚動人的愛情
黏膩如吐司麵包上的蜜

殉道者用來寫遺言
用自身體內
流出身體外的血

上游是心臟
下游在身體外畫成一面國旗

怎麼！
就白不回去

川

河與川有什麼區別？
而川或許是母親叫的乳名
河是我的名字

不就是緊緊握住兩邊的堤岸嗎
任上游的水在我身上流過
以一種仰泳的姿勢

岸邊的警告標示
孤獨得像一枝沒人等車的站牌

如果你不諳水性
不要介入我與月亮之間的曖昧
那美麗只是一種聊齋的狐術
禁不起一隻槳戳破的

之上
還有一條橋
手銬一般約束著兩岸
他不說穿
我也就答應不泛濫成災

黑盒子

翻掘每一吋可能
循著雷達螢幕上
訊號消失前的
最後一個光點

天候變化或
人為因素或
金屬疲勞

最後一次呼叫
到從雷達螢幕上消失

這一段，空白
等著愛情的黑盒子去解釋

否則，我粉身碎骨的軀殼與頭顱
就算再也難拼湊完整
眼睛卻骨溜骨溜地
緊緊盯住記憶不放

魚腥草

遷居在
淺淺的山坡

低調隱身在大樹與大樹的
庇蔭下
骨幹化身為葉脈
眼睛已退化
鱗片進化成綠色的葉片
但體味是
燒成灰
都無法捨棄的最後堅持

菅芒迎風襲來的陣陣浪花
輕輕漫過山谷
我美麗的鰭已不能再划水
再也不能

愛情宿命般捉弄我
一生都必須躲避
唯一眷戀著我
味道的
貓

小丑

歡愉是必要的
在生活天秤苦悶的另一端
需擺上幾塊糖
來平衡

在臉上劃出
誇張的表情
在每個精采的表演間串場
一些作弄自己的詼諧
沒有動物明星與空中特技

只用一些簡單的肢體動作
你們的笑容便完全被我成功地操弄

下班後
從馬戲班的後巷
偷偷摸摸地走向小鎮
找一名熟識的精神科大夫看診
他並不認得舞台上
化了粧的我

竹與簫

他細心呵護園中栽種的一枝竹
記錄著竹每天成長的速度
直徑的變化
勝過妻子注意他的腰圍變化

直到這一天
他一身素白
用鋸子取下竹最筆直的一段
節與節之間予以鑽通
鑿之以七孔
一支洞簫於焉成形

每至夜裡
那哀怨蒼涼的簫聲
奏出一種鑽進骨裡頭的悲涼

是一種歲月與
生命的奏鳴

臍帶

那經驗豐富的水手
竟然在他鄉的港口
患起嚴重的思鄉病
像個小孩般哭鬧起來
茶不思不想
只想索一些
奶水喝

都多大的人了！
下腹竟然莫名地腫脹起來
洋醫說：

感染源自
思念的臍帶沒切斷

像風箏般
另一端
是母親的手

似水

我曾住在雲端
在江河、在你攬月的井裡
現在我依在你懷裡
我可以是瓶子的形狀
可以是透明的杯
可以是花瓶
現在是一隻
狐

指紋

有些悵然
竟從未仔細觀察
妳如舌般柔軟愛撫我胸膛
令人興奮莫名的指尖
是哪一種纖細

竟也從未仔細辨認
我手指上的這方印
是隸書、楷書、草書……

輕輕一捺
離婚協議書上兩枚指紋
依然緊靠在一起

約莫
只一公分的距離

銅像

一

市中心的廣場
我伸向天空的右手
是招呼或
是放鷹的姿勢？

那雙眼銳利如刀
想必曾經是位英雄人物

太陽底下
兩隻疲累的鴿子在我梳理整齊的頭上歇息
臨飛向天空前
白色的排泄物
從額上順著臉頰流下
廣場已久久未曾下雨了
從我臉上堆積的排泄物可以斷定

二

說我是空心的
即使有
也無非是銅是鐵

白天一副萬夫莫敵的姿態
夜裡街道像一條冰冷的河
寂寞的河水衝洩而下
我是唯一的阻擋

而伸向天空的右手
即使又酸且痛
但終究學不會
放下

三

欲將我自廣場上拆除

那些認為我是英雄的人氣憤填膺
那些認為我是獨裁者的人歡欣鼓舞

鋸斷我的腿
我仍堅持不下跪，不喊痛
直挺挺的被送進歷史的儲藏室
沒有人送行

只有鴿子們鼓動著酸痛的翅膀
擴約肌緊緊鎖住一肚子
欲凝未凝的惆悵
遍尋不著
一個需要人們仰望的高度而
流下眼淚

牽牛花

員外築的牆籬
高過去年的春風
而風在那頭低吟

我裹著小腳的藤蔓
站都站不穩
只好依附著牆籬
爬出去

跟春天幽會

輯四　大地

找不到他們的足跡——記莫拉克颱風

他們剛從我眼前走過
但沒有留下足跡
我也不知道他們去了哪

父親走在路上
床也走在路上
房子也站起來走
橋也走在路上

他們的足跡
泡在水裡

我決定不再流淚了
水面已漫過胸膛
漫過我哀傷所能負荷的吃水線

九份夜色

腳步隨著巷弄
巷弄隨著山脈
山脈隨著雨聲蜿蜒而上

獨坐
昇平戲院對面茶館喫茶
雨的腳步聲
似一位詩人
踱步在巷弄裡
吟唱

制高點上整個小鎮都入鏡
固定好攝像機
把光圈調小
快門放至最浪漫的速度
用最快的車速竄進蜿蜒裡
把自己也放進夜色

土石流

一、大地

沒想到
踏實的土地
竟會從我腳下自顧自的走開

我們堅持不走
死守家園
雙腳牢牢釘在家鄉的土地上

家鄉的土石
禁不起十級風雨的謠言
竟然集體離家
出走

二、樹

感覺這一次
就要握不住
越來越萎靡的地球了

我的根用力向下挖掘
盤枝錯節，手掌般
緊緊握住家鄉的土地

曾經千年共枕的纏綿
禁不起十級風雨的流言
我的手掌握住
背叛的殘餘體溫

三、土石流

除了天空還在原來的位置
所有都已成河
流

我的莊稼，牛羊
我的家園，親人

都已成河
流

淹
沒了
我的家園，親人
我的莊稼，牛羊

挖土機
努力找尋
幾隻吸不到氧氣的泥鰍

福爾摩沙！
我的雙腳明天要到

哪塊土地
站立？

觀霧五號神木

不理會人世間
的吵雜
我禪坐著
好處個世紀

灼熱的太陽烙
我成蔭
兇猛的颶風推
我成蔽

地殼與地殼擠壓時
只有我
緊緊抓住
一個地球

山城夢醒

「娜娜，好久不見！」
記得我嗎？我反覆練習
見到妳時想說的第一句話
又回到輕便路上昇平戲院與城隍廟一帶
暗間仔的地址卻已變成茶館了

豎崎路何時變得這麼陡
那因長期蹲踞在地底而染患的風濕
每當季節變換就要在記憶的關節與關節間隱隱作痛

娜娜，妳還會嬌羞地抱著我並嫌我從礦坑引上來的
泥土味嗎？
還會吻著我又一邊嫌我的臉因採金而弄得骯髒嗎？

我的身體早就洗得乾乾淨淨
嗅不到一點地底那潮濕且令人窒息的味道
但是今天口袋裡已沒有黃金
空空的口袋彷彿一條條匍匐在地底無法勃起的礦坑
手探得再深也掏不出金子了

妳會不會說
如果這樣，也好
那就到門口埕的板凳上跟山城一起吹著風靜靜坐下
啜飲九份這片黃昏的海景

聽見時間的心跳——在芹壁

忘了啜飲的是一杯咖啡或
一整個海灣的湛藍
面海閒坐
飲不盡的靜謐，如一股巨大的聲浪自海面呼嘯而來
雙眼掬起一彎海峽
沙灘上幾隻伸出鉗螯的寄居蟹地毯式搜索著
據說昨晚
又有月光偷渡上岸

時間似乎忘了移動，在芹壁

除了灣澳的風，除了輕輕拍岸的浪，除了冰塊碰撞
杯子發出的清脆
一切都靜止下來
古厝牆面用深淺不一的灰與褐訴說著簡單且淒美的
故事
走入錯落的巷弄，如置身時光的迴廊
轉個彎，或推開一扇門
稍不留神就會跟遺落的記憶撞個滿懷，撞見屬於黑
白色調的年代

連時間也決定落腳了，在芹壁
恣意讓時間堆疊成一種非連續的移動
一伸手就可以穿越時空
輕意地從記憶的囊胃裡反芻一段歷史來咀嚼

此刻，彷彿所有的鐘都停止
你什麼都聽不見，除了
時間的心跳和
牆上幾句已喊得瘖啞的口號

斷橋

懷念起那些鞋子的重量
皮鞋、拖鞋、高跟鞋……
有人甚或在鞋底裝上釘子
踐踏我這老骨頭的橋面

以為自己鬆垮的肚皮
至少不會沾到胯下的水
弄得一身子狼狽或
遭人誤解的難堪

如今竟傾圮成一堆亂石
頭還浸泡在水裡呢！
而背上那塊頑癬
除了夕陽時幾隻水鳥落腳外
已久久沒人搔了

註：二〇〇八年九月十三日辛樂克颱風夾帶狂風暴雨侵襲全台灣，造成全台六座橋樑斷橋與無數道路沖毀，望著電視螢幕上傾圮橋墩與柔腸寸斷的道路，於焉做詩一首，記錄大自然的破壞與無奈。

【後記】停止

喜歡寫詩的初始動機很單純，源於學生時代的情詩，目的再簡單不過——追逐年少愛情；不清楚是愛情的魔力賦予情詩美麗的包裝，或情詩真有如此力量，學生時代的愛情體驗是美麗的。但自從離開學校、退伍、投入社會，這個隱藏在血液裡喜歡寫詩的隱性基因便被淡忘了。

一九九六年，裕隆汽車與聯合副刊合辦的「詩路」小詩甄選，工作之餘抱著有趣的態度一試，沒想到竟然也能僥倖入選，入選的所有作品被三義的木雕師父雕刻在檜木板上（抱歉！木雕的材質我不敢確認），就懸掛在三義木雕博物館後方的「詩路」上，二〇〇六年我還特地至當地一遊，作品中不乏著名詩人的大作，我的拙作居然也可入列，大感興奮！至此我才隱約相信，背上那塊喜歡寫詩的頑癬並沒有真正被治癒，適當時刻就會被撩起。但依然沒真正想過要寫詩。

喜歡讀詩是一回事，寫詩又是另一回事。開始間斷地練習寫詩是因為一九九九年圖書館書架上一本由向明與白靈先生合著的「可愛小詩選」，才明白詩並不必華麗，簡單精湅的幾句就能表達一個意象，又能讓讀者產生無限的想像空間，這種與讀者共同唱和、共同創作的文學深深吸引我，之後便開始接觸與閱讀各家詩作，而讓我啟蒙與模擬學習的詩人為向明與洛夫先生。詩不像小說般需要交代一個結局，也因為不一定有結局或結果，才讓詩只用短短數字就產生意象延伸的效果，這種最小投入、最大效果的文學，吸引著我這個工程人投入。

真正開始經營詩的寫作是二〇〇六年那個寒冷的冬天，先是接觸到在蘇紹連先生的現代詩網站，而後間接走進了吹鼓吹詩論壇，在此之前曾經躊躇在許多詩刊前卻不敢動筆投稿，總覺得那離自己太過遙遠，吹鼓吹創造了一個練習寫詩與讀詩的平台，我便一腳踏入這美麗的泥沼而無法自拔。論壇提供了一個美麗花園，你種下花也欣賞其他詩人栽的花。

對於寫詩，我想我的起步是嫌慢的，沒有接受過任何文學的深入訓練，對於詩的理論，我肯定是缺乏的，這該用什麼方法來彌補？

一番思量，我決定順其自然而不盲從的追逐，就像一開始是沒有目的的走進來，自由本來就是現代詩重要的精神之一，自在是詩寫重要的態度，我無須為了追逐任何文學獎項而產生壓力，無須為了生活寫詩。

「無須為了生活寫詩，但詩可以是生活。」這樣的自由將會成為我詩寫的態度。

語言文學類　PG0495　吹鼓吹詩人叢書08

不能停止的浪漫

作　　者／劉金雄
主　　編／蘇紹連
責任編輯／黃姣潔
圖文排版／賴英珍
封面設計／陳佩蓉

發 行 人／宋政坤
法律顧問／毛國樑　律師
印製出版／秀威資訊科技股份有限公司
114台北市內湖區瑞光路76巷65號1樓
電話：+886-2-2796-3638　傳真：+886-2-2796-1377
http://www.showwe.com.tw
劃撥帳號／19563868　戶名：秀威資訊科技股份有限公司
讀者服務信箱：service@showwe.com.tw
展售門市／國家書店（松江門市）
104台北市中山區松江路209號1樓
電話：+886-2-2518-0207　傳真：+886-2-2518-0778
網路訂購／秀威網路書店：http://www.bodbooks.tw
國家網路書店：http://www.govbooks.com.tw
圖書經銷／紅螞蟻圖書有限公司
114台北市內湖區舊宗路二段121巷28、32號4樓
電話：+886-2-2795-3656　傳真：+886-2-2795-4100

2010年12月BOD一版
定價：280元

國家圖書館出版品預行編目

不能停止的浪漫 / 劉金雄作. -- 一版. -- 臺北市 :
秀威資訊科技, 2010.12
面 ; 公分. --（語言文學類 ; PG0495）
（吹鼓吹詩人叢書 ; 8）
BOD版
ISBN 978-986-221-686-6（平裝）

851.486 99024279

讀者回函卡

感謝您購買本書，為提升服務品質，請填妥以下資料，將讀者回函卡直接寄回或傳真本公司，收到您的寶貴意見後，我們會收藏記錄及檢討，謝謝！如您需要了解本公司最新出版書目、購書優惠或企劃活動，歡迎您上網查詢或下載相關資料：http:// www.showwe.com.tw

您購買的書名：________________________________

出生日期：_________年_________月_________日

學歷：□高中（含）以下　□大專　□研究所（含）以上

職業：□製造業　□金融業　□資訊業　□軍警　□傳播業　□自由業

　　　□服務業　□公務員　□教職　□學生　□家管　□其它_____

購書地點：□網路書店　□實體書店　□書展　□郵購　□贈閱　□其他

您從何得知本書的消息？

　□網路書店　□實體書店　□網路搜尋　□電子報　□書訊　□雜誌

　□傳播媒體　□親友推薦　□網站推薦　□部落格　□其他___________

您對本書的評價：（請填代號　1.非常滿意　2.滿意　3.尚可　4.再改進）

　封面設計____　版面編排____　內容____　文／譯筆____　價格____

讀完書後您覺得：

　□很有收穫　□有收穫　□收穫不多　□沒收穫

對我們的建議：________________________________

____

____

____

請貼
郵票

11466
台北市內湖區瑞光路 76 巷 65 號 1 樓
秀威資訊科技股份有限公司 收
BOD 數位出版事業部

....

（請沿線對折寄回，謝謝！）

姓　名：________________　年齡：________　性別：□女　□男

郵遞區號：□□□□□

地　址：____

聯絡電話：(日) ____________________ (夜) ____________________

E-mail：____